Schreibzirkel
LeseZeichen

Kerzenschimmer

Impressum

Illustrationen:
Petra Block — Seiten 17, 56, 59, 67
Christine Fiedler — Seiten 3, 7, 28, 38, 42, 71, und alle Schneesterne
Maria Grunau — Seiten 44, 47, 50
Peter Schallje — Seite 68
Claudia Wendt — Seiten 75, 77
Coverzeichnung — Christine Fiedler
Buchgestaltung — Petra Block

Bibliografische Information der Deutschen Nationalbibliothek:
Die Deutsche Nationalbibliothek verzeichnet diese Publikation in der Deutschen Nationalbibliografie; detaillierte bibliografische Daten sind im Internet über http://dnb.dnb.de abrufbar.

©2014
Schreibzirkel LeseZeichen Wismar

Herausgeber:
Bibliotheksförderverein Wismar

Herstellung und Verlag:
BoD - Books on Demand GmbH Norderstedt

1. Auflage
ISBN: 9783738600117

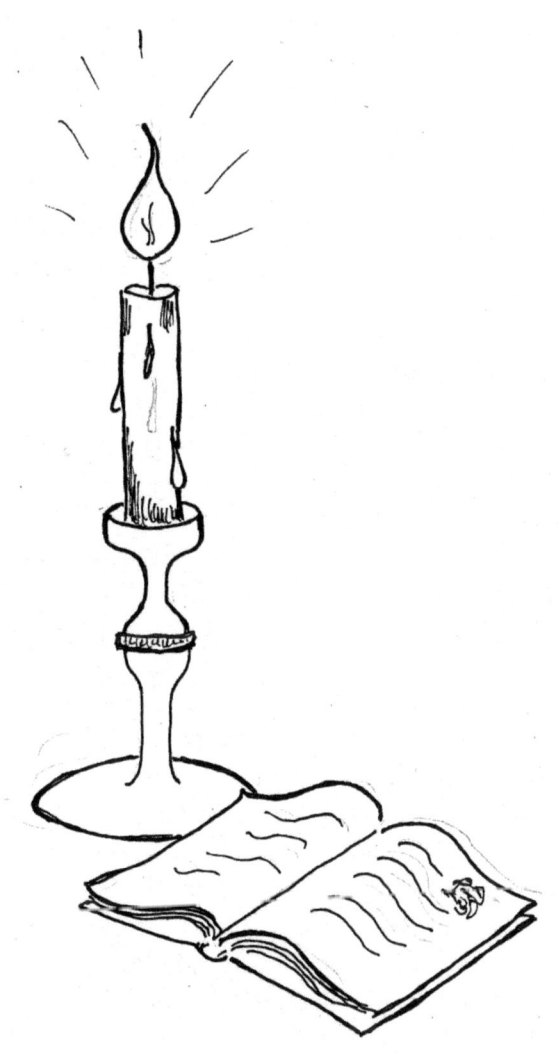

Christine Berning

Die Nikolausstiefel

Ermüdet von einem nervigen Arbeitstag ging Lena durch die Altstadt nach Hause. Beiläufig schaute sie in die weihnachtlich geschmückten Auslagen der Geschäfte. Plötzlich blieb sie wie angewurzelt stehen. Da, im Schaufenster des Schuhladens standen sie! Hohe Stiefel bis zum Knie mit Plateausohle und hinten mit einem neckischen Reißverschluss. Knallrot strahlten sie Lena an. Sie war aus dem Häuschen. Genau so sollten doch ihre Neuesten aussehen.
Nun standen sie vor ihr im Fenster eines noblen Schuhsalons. Ein Traum von Stiefeln. Lena sah sich schon damit durch die Straßen ihrer altehrwürdigen Stadt schreiten. Ein ganz besonderer Hingucker würden sie sein.
Also, rein ins Geschäft, anprobieren und kaufen, das ging sehr schnell. Beim Preis zuckte Lena kurz zusammen, aber das waren ihr die Schuhe wert.
Stolz ging sie mit ihrer Neuerwerbung nach Hause. Heute Abend würde Lena diese wunderschönen Exemplare ihrem Mann vorführen, aber vorher war noch ein Probelaufen angesagt. Vorsichtig stakste sie in den weichen roten Lederstiefeln, die wirklich sehr hoch waren, durch die Wohnung. Lena wurde mutiger und ging auch ein paar Schritte vor die Tür.

Sie musste gut aufpassen, denn es war Anfang Dezember und Schneematsch bedeckte die Straße. Freudig erregt und in Gedanken schritt sie dahin. Plötzlich rutschten Lena die Beine weg und sie fiel sehr schmerzhaft auf ihren Allerwertesten.
Entgeistert rappelte sie sich vom Boden auf. Oh, tat ihr der Hintern weh! Sie besah sich das Malheur, ihre Jacke war verschmutzt. Die Leggins hatten einen Riss, die schönen neuen Stiefel zierten schwarze Schrammen und ein Reißverschluss war ausgerissen.
Traurig humpelte sie nach Hause. Die tollen Stiefel sahen sehr ramponiert aus. Wie sollte sie die schwarzen Riefen entfernen, und was machte sie nur mit dem kaputten Reißverschluss? Es war zum Heulen! Schon vor der Wohnungstür zog sie die Stiefel mit schmerzverzerrtem Gesicht aus. Sie setzte sich sehr vorsichtig auf das Sofa in der Stube und begann nachzudenken. Sie hatte ein Problem. Lena sinnierte und sinnierte und schlief darüber ein.
„Da bin ich Liebling", sagte ihr Mann. „Ich habe dich noch etwas schlafen lassen, du hattest wohl, genau wie ich, einen anstrengenden Tag? Übrigens, draußen standen so verdreckte und beschrammte rote, ausgerechnet rote, Stiefel! Sie sahen sehr gewöhnungsbedürftig aus. Da hat sich wohl jemand einen Scherz erlaubt, denn morgen ist ja Nikolaustag. Gerade kam die Müllabfuhr, ich habe ihnen diese schrecklichen Dinger gleich mitgegeben."

❄ ❄ ❄

Christine Berning

Adventszauber

Kalter Wind streift durch die Straßen,
gehe durch winterliche Gassen.
Goldene Strahlen treffen mein Gesicht,
Adventslichter bescheinen mich.

Schneekristalle leuchten im Laternenschein,
Kirchturmuhren läuten die Abendstunden ein.
Musikfetzen klingen durch die Luft,
in meine Nase steigt Mandelduft.

Schnelle Schritte führen mich zu den Aromen,
bin auf dem Weihnachtsmarkt angekommen.
Eine große Tanne steht im Rund,
ringsum ist alles hell und bunt.

Geschmückte Buden laden zum Kaufen ein,
Menschen lachen, trinken Glühwein.
Er duftet, ist stark und heiß.
Karussells drehen sich schnell im Kreis.

Kinder reiten jauchzend auf Pferdchen in die Nacht,
es ist eine leuchtend schöne Pracht.
Diese Atmosphäre verzaubert mich,
ist ein Zeichen, es wird weihnachtlich.

Von dem Treiben gefangen,
bin ich spät abends gegangen.
In stillen Gassen strahlt Kerzenlicht,
jedoch die Ruhe ist trügerisch.

Eines ist doch klar,
Weihnachten wird, wie jedes Jahr,
ein Marathon mit Essen und Geschenken sein.
Und das besinnliche Fest?
Das stellt sich selten ein.

Christine Berning

Der unheilige Abend

Im Badezimmer flackert Kerzenschein,
sie lässt sich ein Schaumbad ein,
trägt ein Nichts von Negligé,
prüft das Wasser mit rot lackiertem Zeh.

Er hat ihr gesagt, heute käme er zur Zeit,
macht nun alles für ein Sinnenbad bereit.
Freudig erregt wartet sie auf ihn,
hoffentlich gibt es nicht noch einen Termin?

Die Zeit scheint nicht zu vergehen,
aufregend sexy ist sie anzusehen.
Im Bad schimmern die Kerzen,
ist so viel Liebe in ihrem Herzen.

Klopfen an der Tür, schnell eilt sie hin,
denkt dabei nur an ihn.
Dort steht der Weihnachtsmann,
in der Hand ein Strauß Tann.

Hat sich in der Etage geirrt, der Liebe,
in ihr regen sich wundervolle Triebe.
Später dann lustvolle Laute aus dem Badezimmer,
sinnlicher Duft und Kerzenschimmer....

Christine Berning

Reisen auf Abwegen

Ein nasskalter Dezembertag nahm seinen Anfang.
Heute wollte Anne zu ihrer Tochter nach Hamburg fahren. Ein Weihnachtsmarktbesuch und ein Bummel durch die Geschäfte waren geplant.
Anne hatte den Wecker nicht gehört, war viel zu spät aufgestanden! Hektisch raffte sie ihre Sachen zusammen. Es blieb nicht mehr viel Zeit, denn der Zug sollte bald abfahren. Abgehetzt erreichte sie in letzter Minute den Bahnsteig. Der Regional-Express stand aber nicht dort. Eine elektronische Anzeige verkündete, dass er circa 15 Minuten Verspätung hätte. Grund: "Vandalismus im Zug".
Nun hatte sie Zeit und konnte sich von dem Stress erholen. Anne ging zum Warteraum, wollte hier ausharren und sich aufwärmen, denn ein eisiger Wind pfiff über den Bahnsteig. Er hatte schon viele Wartende vertrieben. Sie konnte es nicht glauben, aber die Tür des Wartebereichs war geschlossen!
Ihr fiel ein, dass sonntags nie geöffnet war. So also sah Service der Deutschen Bahn aus! Sie ging zu dem kleinen Kiosk, um einen Kaffee zu trinken. Dieselbe Idee hatten auch viele andere. Eine Menschenmenge drängelte sich in dem winzigen Raum. Anne musste auf den zugigen Bahnsteig zurück.

Mit klammen Fingern ging sie auf und ab. Das nützte wenig, die Kälte kroch an ihr hoch. Anne begann fürchterlich zu frieren. Eine gefühlte Ewigkeit später kam endlich der ersehnte Zug. Rasch stieg Anne ein, wollte schnell ins Warme. Hoffentlich fuhr er bald ab, denn ihr blieben in Bad Kleinen nur wenige Minuten zum Umsteigen. Sie wollte noch ihre Tochter informieren und kramte in der Tasche nach dem Handy. Es war nicht zu finden. Sie hatte es zu Hause vergessen. Heute lief einfach alles schief!

Endlich verließ die Bahn Wismar und ratterte in Richtung Bad Kleinen. Die Zugbegleiterin begrüßte die Fahrgäste, entschuldigte sich für die Verspätung, auch der Hanse-Express nach Hamburg würde in Bad Kleinen nicht warten. Die Reisenden dorthin sollten bis Schwerin mitfahren. Auf dem gegenüberliegenden Gleis ginge es weiter.

Was kam nun noch? Anne reichte es! Endlich rollte der Zug in den Schweriner Bahnhof. Wie versprochen stand auf dem anderen Gleis ein ICE. Anne stieg ohne zu zögern ein. Eine wohlige Wärme umgab sie und zufrieden ließ sie sich in einen der komfortablen Sessel fallen.

Nun konnte die Reise nach Hamburg beginnen. Sanft rollte der Intercity aus dem Bahnhof. Eine sonore Männerstimme begrüßte die Reisenden auf ihrer Fahrt nach Berlin.

Wie war die Durchsage BERLIN? Und ohne Halt? Anne wollte nach HAMBURG! Mit klammem

Gefühl kauerte sie in den Polstern. Nun hatte sie auch noch eine ungültige Fahrkarte! Was für eine verfahrene Situation! Bei der Kontrolle ließ der Zugchef Gnade walten, sie konnte ohne Zuzahlung mitfahren. Anne atmete tief durch. Dieser Tag war nicht mehr zu retten!

Plötzlich hörte sie eine bekannte Stimme: „Was machst du denn hier? Willst du Berlin unsicher machen?" Vor Anne stand Klaus, eine Liebe aus vergangenen Tagen. Charmant lächelnd nahm er neben ihr Platz. Schnell waren sie in ein angeregtes Gespräch vertieft und die Fahrt verging wie im Flug.

In Berlin angekommen, fragte Klaus, ob er Anne seine Stadt zeigen dürfte. Sie zögerte nicht lange und war mit einem Berlin-Bummel einverstanden. Hamburg hatte sie ganz schnell vergessen! Anne war neugierig auf die Hauptstadt, von der man ja sagte, sie sei "arm aber sexy"!

Und so begann doch noch ein wunderschöner Tag. Klaus legte sich mächtig ins Zeug und machte mit Anne eine Besichtigungstour der anderen Art. Er zeigte ihr Ecken von Berlin, die in keinem Stadtführer auftauchten!

Was später geschah, ob sich beide ins Berliner Nachtleben stürzten, oder andere schöne Dinge passierten - wer weiß?

Anne war jedenfalls erst tags darauf nach Hamburg gefahren!

Petra Block

H.C. Andersens Tannenbaum
Fortsetzung eines alten Märchens

Die Geschichte des Tannenbaums war jedoch noch nicht zu Ende.

Dem Knecht waren nämlich, als er den Tannenbaum zerhackte, ein paar Scheite davongesprungen. Gerade so, als wollten sie sich vor dem Feuer in Sicherheit bringen, fielen sie unter die Bank, welche auf dem Hofe stand.

Der Knecht bemerkte es nicht, und auch die Knaben hatten es nicht gesehen. Sie hüpften und sprangen um das Feuer herum, bis es gänzlich heruntergebrannt war. Der Frechste von ihnen warf zum Schluss gar noch den goldenen Stern hinein. Mit einem knisternden Funkenregen entschwand der letzte Weihnachtsgruß des Tannenbaums gen Himmel.

Die Nacht brach herein und dem Tannenbaum wurde vor Einsamkeit ganz schwermütig. Was war von ihm geblieben? Seine Träume waren mit dem Wind in alle Richtungen zerstoben. Fortgeworfen, zerhauen und verbrannt hatte man ihn, jedenfalls den größten Teil. Alle Schmerzen hatte er tapfer ausgehalten, aber die Wehmut, die sich ihm auf das Herz legte, war schier unerträglich.

Gerade wollte er beginnen harzige Tränen zu weinen, da kitzelte ihn etwas. „Ach", sagte eine kleine Maus. „Hier bist du nun. Was wird jetzt aus dem schönen Leben, das du haben wolltest? Im Grunde bist du zu bedauern." Und er tat ihr von Herzen leid.

„Ja", seufzte er. „Das könnte man meinen. Kurz war mein Leben, aber ich habe alles gehabt. Die Freiheit und meine Freunde im Wald, den Reichtum und sogar einen goldenen Stern besaß ich für eine Weile."

„Und morgen wird es ein Ende haben", sagte plötzlich eine Ratte, die das Gespräch belauscht hatte. „Morgen wird dich die Magd in das Küchenfeuer werfen und ein wunderbares Mahl kochen, von dem wir dann später die Töpfe auslecken."

Der Tannenbaum erschauderte bis ins Mark. Er wurde ganz still und in sich gekehrt und wollte mit niemandem mehr sprechen.

Am nächsten Morgen weckte ihn der Hahn mit lautem Geschrei auf dem Misthaufen. Die Hennen marschierten gackernd mit ihren Küken über den Hof und suchten nach den Körnern, die ihnen die Magd vor die Schnäbel warf.

‚Ach mögen sie doch fortgehen', dachte der Tannenbaum. ‚Sie kommen mir gefährlich nahe und verraten am Ende, wo ich Unterschlupf gefunden habe.'

Da war es auch schon geschehen, die Magd hatte ihn entdeckt. Sie holte die Holzscheite unter der Bank hervor und lud sie in ihre Schürze. Der Baum war fürchterlich erschrocken. Ein kleiner Tannenzapfen, der noch an einem Aste hing, zitterte vor Angst so sehr, dass er beinahe abgefallen wäre.

In Erwartung des schrecklichen Feuers in der Küche, verabschiedete sich der Tannenbaum in Gedanken von allen seinen Freunden und sogar von Klumpe-Dumpe, der doch nur ein Märchen war.

Die Magd brachte ihn zum Knecht und sagte: „Hier, ich denke, diese Holzscheite sind gut für das, was wir gestern Abend besprochen haben." Mit einem Ruck warf sie die Reste des Tannenbaums auf den Boden.

Der Knecht besah sich die Hölzer Stück für Stück und nickte zustimmend mit dem Kopf. Er nahm eine Säge zur Hand und schon bissen sich ihre Zähne in die Rinde des Tannenbaums. ‚Bei meinem Leben', dachte der Baum. ‚Mag er mit mir machen was er will, wenn er mich nur nicht in das Feuer wirft.' Es begann ein Sägen und Hämmern, dass dem Baum ganz schwindelig wurde. „Was wird das nur? Was macht er mit mir?", rief er ein ums andere Mal, aber niemand antwortete. Spitze Nägel wurden ihm ins Fleisch, pardon, ins Holz getrieben. Ganz tapfer hielt er diesem Schmerz stand, es war grad so, als würden wir Menschen beim Doktor eine Spritze bekommen.

Plötzlich glaubte er zu wissen was mit ihm geschah. Oh ja, nur so und nicht anders konnte es sein, er wurde wieder zu einem Baum zusammengesetzt. Er jubelte laut und sein Herz wollte vor Freude schier zerspringen. Schon sah er sich im Walde stehen und all seine Freunde begrüßen und ihnen von dem herrlichen Fest, das man hier Weihnachten nannte, erzählen. Von all dem Glanz und den Geschenken und natürlich auch von dem goldenen Stern und auf jeden Fall die Geschichte von Klumpe-Dumpe, die mussten sie unbedingt erfahren. Er nahm sich vor, zu dem Hasen, über den er sich früher immer so geärgert hatte, besonders freundlich zu sein. Der sollte über seine Äste springen dürfen, soviel er wollte. In froher Hoffnung auf all das Glück, das ihn erwartete, wollte er sich schütteln und seine Zweige weit ausbreiten. Aber ach, es ging nicht. Ihm fiel ein, dass sie am Vorabend sämtlichst verbrannt waren.

Der Knecht war fertig mit ihm und brachte ihn in den Garten. Die Knaben kamen angerannt und riefen: „Oh, was für ein schönes Vogelhaus ist das geworden." Einer bückte sich und nahm den kleinen Zapfen vom Boden auf, der war vor Aufregung nun doch noch abgefallen. „Hier", sprach der Knabe zum Knecht. „Der kann an das Dach geklebt werden, dann sieht es aus wie geschmückt."

‚Geschmückt', dachte der Tannenbaum. ‚Ich werde wieder geschmückt!', und er knackte vor Freude ein klein wenig mit den Hölzern.

Der Knecht nagelte ihn mit kräftigen Schlägen hoch oben im Birnbaum fest.

„So hoch hinaus bin ich noch nie gekommen", rief der Tannenbaum. „Jetzt bin ich also ein Vogelhaus. Was aber ist ein Vogelhaus, was ist meine Aufgabe, wen soll ich erfreuen?" Er hatte noch nie in seinem Leben davon gehört.

Plötzlich setzte sich eine kleine Meise auf den Ast neben ihn. „Verzeihen sie bitte", sprach sie ihn an. „Sind sie neu? Ich habe sie hier noch nie gesehen." „Ja, ja", antwortete er. „Ich bin ein Tannenbaum, man hat mich gerade hier hineingehängt. Meine Heimat war einmal der Wald, aber nun wohne ich vorübergehend hier im Garten."

„Hmm, hmm, hmm", kicherte die kleine Meise. „Sie waren wohl mal ein Tannenbaum, nun sind sie eine wunderschöne kleine Wohnung. Sind sie noch zu haben?" Sie sprachs und hüpfte eiligst hinein. „Oh", sagte der Tannenbaum, der nun eine Vogelwohnung war. „Wenn das so ist, dann seien sie mir herzlich willkommen." Die Meise brachte ihren Mann mit, und schon bald zwitscherte eine fröhliche Schar kleiner Vogelkinder in dem Häuschen.

Das war ein wunderbares Leben. Von oben herab hatte der einstige Tannenbaum einen herrlichen Ausblick auf all das Leben rings um ihn her. Täglich begrüßte er die Tiere, die in dem Garten lebten, den Igel am Boden, das Mäuschen, das ihn manchmal besuchen kam und auch den Schnecken lächelte er freundlich zu. Allen Vögeln, die vorbeizogen, gab er Grüße für seine Kameraden im Wald mit auf den Weg. Er erfreute sich an den anmutigen Blumen, die ihre Köpfe nach ihm hochreckten und an der Sonne, die ihn mit ihren Strahlen streichelte.

Das Schönste aber war, dass aus dem kleinen Tannenzapfen eines Tages ein Samenkorn auf die Erde fiel. Bald begann es zu keimen und ein winzig kleines Bäumchen wuchs unter dem Vogelhäuschen, gerade so ein niedliches, wie es der Tannenbaum selber einmal im Wald gewesen war.

Nun hatte der Tannenbaum einen Sohn bekommen. Wenn er herangewachsen war, dann würde er ihm alles erzählen, was er erlebt hatte, vom Wald und von den Menschen, vom Weihnachtsabend und dem goldenen Stern und natürlich das Märchen von Klumpe-Dumpe.

So, nun ist diese Geschichte aber wirklich zu Ende.

Vorbei, vorbei, wie Hans Christian Andersen zu sagen pflegte.

Petra Block

Laura

Laura lag auf ihrem Bett und schaute durch das Fenster in den Nachthimmel. Der Mond leuchtete ihr direkt ins Gesicht und in seinem Schein trudelten dicke Schneeflocken langsam zur Erde.
‚Ach ist das schön!', dachte sie, und schläfrig fielen ihr die Augen zu.
Plötzlich zog jemand an ihren Wimpern und versuchte die Augenlider zu öffnen.
„Tommy!", murmelte sie, „lass den Unsinn, ich will schlafen." Wieder zog es wie verrückt an den Wimpern und tatsächlich fiel jetzt durch einen schmalen Spalt Licht in ein Auge. Der kleine Bruder war aber auch nervig, Dreijährige kamen mindestens fünfundzwanzig Mal aus dem Bett und wollten pullern oder trinken oder irgend etwas anderes, was überhaupt nicht notwendig war.
Bis 25 konnte Laura schon lange zählen, sie ging in die große Gruppe des Kindergartens und nächstes Jahr kam sie in die Schule. Dann sollte sie auch endlich ein eigenes Zimmer bekommen und Tommy musste sie in Ruhe lassen. Als es wieder an den Wimpern zog, riss sie die Augen auf und wollte ihn gehörig ausschimpfen. Dazu kam sie aber nicht, denn ein kleiner Kerl in einem roten Mantel saß auf ihrem Bauch und sagte fröhlich: „Halloho!!!"

Laura sagte nichts, sie starrte ihn nur an und überlegte, ob sie wohl träumte. Der Kleine lachte und fragte: „Willst du nicht wissen wer ich bin?"

„Nö", antwortete Laura. „Du bist klein, dünn und rot wie eine Peperoni, ich werde dich Peppi nennen."

Der Kleine wurde böse. „Peppi? So ein Unsinn! Ob du es glauben willst oder nicht, ich bin der Weihnachtsmann und habe heute ein ernstes Wörtchen mit dir zu reden."

„Sooo?", sagte Laura, und griff sich den Burschen. Sie hielt ihn fest in der Hand, hob ihn hoch und schaute ihn an. „Der Weihnachtsmann soll so ein mickriges Männchen sein? Wenn es dich überhaupt gibt, dann bist du groß, dick, mit einem weißen Rauschebart und einem riesigen Sack voller Geschenke auf dem Rücken."

„Ja, das war ich früher einmal, als es noch große Kamine und dicke Schornsteine in den Häusern gab. Heute bei den blöden Gas- und Ölheizungen rutsche ich nur noch durch dünne Rohre. Außerdem war es immer sehr schwierig den schmierigen schwarzen Ruß aus dem Bart zu waschen. Ich bin der heutigen Zeit angepasst, klein, bartlos und mit winzigen Geschenken. Zum Glück passt so ein Handy ganz bequem durch enge Rohre."

„Ich kriege ein Handy?" Laura guckte ganz ungläubig.

„Nein", sagte der Weihnachtsmann. „Du kriegst gar nichts, wenn du nicht endlich einen Wunschzettel abgibst. In zwei Tagen ist Heilig Abend und ich habe keine Ahnung was ich dir schenken soll."

„So Peppi", Laura setzte sich aufrecht ins Bett und hielt sich den Winzling direkt vor das Gesicht. „Jetzt will ich mal ein ernstes Wörtchen mit dir reden. Ich bin schon fast sechs Jahre alt und glaube nicht an diesen Schwindel mit den Weihnachtsmännern, Osterhasen oder Klapperstörchen. Außerdem will ich überhaupt nichts haben. Ich bin noch sehr ärgerlich wegen des letzten Weihnachtsfestes. Diese ganze Schenkerei geht nur wieder in die Hose."

„Was ist bloß mit den Kindern der heutigen Zeit los?", seufzte der Weihnachtsmann. „Könnt ihr nicht mehr träumen oder in Märchenwelten leben? Spielt ihr nur noch mit Computern? Wie soll ein anständiger Kerl wie ich mit Nüssen und Zuckerwerk Freude in die Herzen bringen?"

Laura gähnte und setzte den kleinen Mann auf ihr Nachtschränkchen.

„Ich muss jetzt schlafen Peppi", sagte sie, „und wenn du wirklich der Weihnachtsmann bist, dann habe ich nur einen einzigen Wunsch."

Er machte ein ganz gespanntes Gesicht. „Uuund???"

„Bitte, bitte, sorge doch dafür, dass ich, nur weil ich Laura heiße, nicht wieder sieben DVDs mit Lauras Stern bekomme."

Petra Block

Jonas

Jonas wohnte in einem großen Haus am Marktplatz. Ganz oben, direkt unter dem Dach hatte er sein Kinderzimmer. Von hier aus konnte er genau beobachten, wie der Weihnachtsmarkt aufgebaut wurde. Zuerst stand da nur der bunte Weihnachtsbaum, mitten vor dem Rathaus. Dann stellten Arbeiter ringsherum die kleinen Holzhäuschen, Karussells und Schießbuden auf. An jede Ecke des Marktes setzten sie einen lustigen kleinen Schneemann aus weiß gestrichenem Holz, und in die Mitte kam ein ganz dicker, der war bestimmt zwei Meter hoch.

Jonas freute sich schon auf den Duft von vielen Süßigkeiten, auf die schöne Weihnachtsmusik und natürlich auf den Weihnachtsmann, der am Wochenende mit dem Schiff im Hafen ankommen sollte. Jeden Tag wollte Jonas zum Markt hinunter gehen, einen Zuckerapfel kaufen und beim Märchenrätsel mitmachen.

Mit diesem Gedanken ging er ins Bett. Schlafen konnte er nicht, er war viel zu aufgeregt. Durch das Fenster beobachtete er, wie ganz langsam Schneeflocken vom Himmel heruntertanzten.

Plötzlich hörte er draußen jemanden niesen.

„Haaatschi! Brrr ist das kalt. Immer ist es dasselbe. Jedes Jahr bekomme ich einen Schnupfen."

Schnell hopste Jonas wieder aus dem Bett, um zu schauen, wer da so laut schimpfte. Einen Moment lang sah er nichts - aber dann. Der dicke, große Schneemann bewegte sich. Mit einem Ruck schnappte er sich ein vergessenes Tischtuch vom Bratwurststand und schniefte hinein. „Haaatschi!"

Jonas wischte sich die Augen. Jetzt riss der Kerl doch tatsächlich von der Spielzeugbude eine Girlande ab und wickelte sie sich wie einen Schal um den Hals. Er stampfte mit den Füßen, schüttelte den Schnee von den Schultern, schaute sich vorsichtig um und ging langsam hinüber zum großen Kaufhaus an der Ecke. Dort verschwand er in der Tür. Als er wieder herauskam, lachte Jonas. Der Schneemann hatte sich ein Badehandtuch um den Kopf gebunden und eine lange, graue Unterhose angezogen, so eine, wie bei Großvater im Kleiderschrank lag.

Die hält bestimmt nicht warm, dachte Jonas, aber viel schlimmer war, dass der Schneemann die Sachen gestohlen hatte, denn so mitten in der Nacht war doch keine Verkäuferin an der Kasse. Was sollte Jonas nun machen? Die Eltern wecken, oder lieber gleich die Polizei anrufen? Die Zahlen kannte er schon, also schnappte er sich das Telefon und wählte die 110. „Der Schneemann hat im Kaufhaus Klamotten geklaut", rief er aufgeregt in den Hörer. Der freundliche Polizist am anderen Ende sagte: „Au weia!", und schickte sofort einen Streifenwagen los, der mit Tatütata angebraust kam. Jonas konnte sehen, wie der Schneemann festgenommen und ins Polizeiauto geschubst wurde. Dann fuhren sie mit ihm davon.

„Ach du meine Güte", dachte Jonas. „Jetzt sitzt der Schneemann im Gefängnis. Wer begrüßt dann am Sonnabend den Weihnachtsmann?"

Traurig ging er ins Bett und schlief ein.

Am nächsten Morgen musste Jonas mit seiner Mutter auf dem Weg zum Kindergarten quer über den Marktplatz gehen. Er staunte, denn der Schneemann stand wie immer auf seinem Platz. Ganz normal sah er aus, er hatte auch keine Unterhosen an.

„Mama?", fragte er, „Mama, hast du in der Nacht die Polizeisirene gehört?"

„Nein", sagte die Mutter, „da war keine Sirene, ich habe nichts gehört, und auch du hast ganz fest geschlafen."

‚Na so was!', dachte Jonas, ‚habe ich das alles nur geträumt?'

Er drehte sich noch einmal zu dem Schneemann um und plötzlich zwinkerte der ihm mit einem Auge zu.

Fröhliche Weihnachten!

Christine Fiedler

Der hungrige Wolf

Das Jahr neigte sich seinem Ende entgegen und die Tage wurden immer kürzer. Weihnachten stand vor der Tür. Draußen war es ungemütlich und kalt. Nasser Schnee wirbelte aus den grauen Wolken und legte eine matschigweiße Decke über die Häuser und Straßen. Kein Mond erhellte mit seinem blassen Licht den Himmel. Eisiger Wind fuhr fauchend über Stadt und Land.

Ein Mädchen ging auf der Straße von Wendorf in Richtung Zierow, sie wollte nach Hoben und hatte den Bus verpasst. Auf den Nächsten wollte sie nicht warten und so weit war das nun auch nicht von Wendorf bis Hoben. Sie hatte sich den Rucksack umgehängt und die Mütze tief in die Stirn gezogen. Die Mütze war knallrot und leuchtete selbst bei diesem trüben Wetter. Dann sehen mich die Autos wenigstens und fahren mich nicht um, dachte sie. Die Mütze hatte ihr die Großmutter gestrickt und alle nannten das Mädchen jetzt immer Rotkäppchen.
Plötzlich bekam Rotkäppchen einen Schubs von hinten. Sie stolperte und sah sich erschrocken um. Hinter ihr stand der Wolf und schaute sie erwartungsvoll an. „Wo gehst du denn hin bei diesem fürchterlichen Wetter?", fragte er lauernd.

„Ach, weißt du Wolf, ich wollte meine Großmutter besuchen und der Bus ist mir vor der Nase weggefahren. Großmutter ist krank und ich habe ihr bei Marktkauf einen kleinen Stollen gekauft. Den isst sie so gern in der Weihnachtszeit", antwortete das Mädchen.

„So, so, das ist aber traurig, dass deine Großmutter krank ist, sie liegt bestimmt im Bett", murmelte der Wolf. Das kommt mir gerade recht, dachte er und in selben Moment begann sein Bauch zu knurren. „Weißt du was", sagte er, „ich komme mit und beschütze dich auf dem dunklen Weg. Wir besuchen gemeinsam die Großmutter, darüber freut sie sich bestimmt." Na, das lohnt sich doch wenigstens und ich werde endlich wieder satt, dachte erfreut der Wolf. „Ja", sagte Rotkäppchen, „das ist eine gute Idee. Die Großmutter hat es ganz doll erwischt. Sie hat eine richtige Grippe mit Husten, Schnupfen, Halsweh und hohem Fieber, eine echte Virusgrippe. Wir müssen nun aber weiter, sonst kommen wir heute nicht mehr an."

Der Wolf hörte nur das Wort Virusgrippe und wich erschrocken zurück. Zitternd schaute er Rotkäppchen an.

„Ich bin aber noch nicht gegen Grippe geimpft. Dann kann ich doch die Großmutter gar nicht fress…, ich meine besuchen." Misstrauisch fragte er dann, „und du, hast du dich vielleicht auch schon angesteckt, sollte ich dich auch nicht…?"

Vorsichtshalber wich er noch einen Schritt weiter zurück. Der Wolf drehte sich rasch um,

„weißt du Rotkäppchen, ich denke, wir lassen das für heute. Ein anderes Mal komme ich gern mit", und damit verschwand er.

Und sein Bauch knurrte wieder.

So ein Pech, dachte der Wolf, ich finde einfach nichts zu fressen. Es ist wirklich schwer als Wolf heutzutage zu überleben. Ich habe schon so lange nichts mehr zu fressen bekommen, dass ich schon ganz mager und kraftlos bin. Es ist wie verhext. Wo ich doch schon überall gesucht habe. Rotkäppchen und die Großmutter sind verseucht, der Hase und der Igel laufen immer noch über das Feld, und wenn ich die fangen will, bleibe ich bei diesem Wetter bloß im Matsch stecken. Hänsel und Gretel haben gerade mit der Hexe zu tun, die muss dringend in den Ofen, und bis die zähe, alte Krücke fertig gebraten ist, bin ich verhungert. Vom Tischlein deck dich bekomme ich auch nichts ab. Der alte Schneider und seine Söhne holen nur den Knüppel aus dem Sack und verprügeln mich. Der Wolf seufzte. Das zarte, schöne Kind Rapunzel mit dem langen Zopf aus dem Fenster, ist auch nicht mehr da. Es lebte lange Zeit im Turm des Gymnasiums in Bad Doberan. Als ich nun endlich klettern gelernt hatte, war es ausgewandert. Wieder jammerte und heulte der Wolf über sein Schicksal. Mit krummem Buckel schlich er des Wegs. Wenn ich nicht verhungern will, muss ich wohl doch noch vom süßen Brei essen, der immerzu aus dem Topf quillt, dachte der Wolf unglücklich. Davon ist genug da, aber ich hasse süßen Brei. Mir wird nur bei dem Gedanken daran schon ganz übel.

Auf einmal hielt der Wolf inne und dachte, ich weiß, wo ich satt werde. Er richtete sich auf, die Augen begannen zu leuchten, das Wasser lief ihm im Mund zusammen. Dass ich nicht gleich darauf gekommen bin. Es ist doch ganz einfach, ich geh` zu den sieben Geißlein. Sofort machte sich auf den Weg. Weit musste er laufen, bis auf die andere Seite von Wismar. Die Ziegen hatten in der Nähe des Salzhaffs ein schönes Anwesen mit ausgedehnten Weiden und saftigem Gras. Davon waren die Geißlein bestimmt gut genährt und fett. Bei dem Gedanken knurrte sein Bauch gar grimmig.

Endlich war er angekommen. An der Tür lauschte er auf die Geräusche, die von drinnen zu hören waren. Teller klapperten, die Geißlein lachten und schwatzten munter herum.

Der Wolf klopfte an die Tür.

Es wurde still. Ein Geißlein öffnete vorsichtig ein wenig die Tür und schaute heraus. „Oh, es ist der Wolf", rief es in die Stube, „und sein Bauch knurrt ganz laut. Der hat bestimmt Hunger." Die Geißmutter kam an die Tür. Mitleidig sah sie den mageren, zitternden, frierenden Wolf an. „Wir haben gerade eine frisch gebratene, köstliche, knusprige Gans auf dem Tisch", sagte sie. „Die hat zwar der Fuchs gestohlen, aber wir haben ihn gewarnt, dass wir den Jäger holen werden. Da hat er uns die Gans

da gelassen. Du bist herzlich eingeladen mitzuspeisen", meckerte die alte Geiß.
Der Wolf ließ sich nicht lange bitten. Was soll`s dachte er, setzte sich an den Tisch, aß mit von der Gans, die der Fuchs gestohlen hatte und feierte mit den sieben Geißlein Weihnachten.

Christine Fiedler

Wundersame Nikolausnacht

Die Nacht war dunkel. Der Mond und die Sterne hatten sich hinter dicken Wolken verkrochen. Der Wind pfiff eisig und trieb die ersten Schneeflocken vor sich her. Eine dünne Schneedecke hatte sich auf die Straßen, Häuser und Rasenflächen gelegt. Die Bäume und Sträucher streckten kahl und dunkel ihre Äste in die Nacht.
Martin stand fröstelnd auf der Straße. Seine Firma hatte die Mitarbeiter nach Betriebsschluss zu einer kleinen Weihnachtsfeier eingeladen und die war dann etwas länger geworden. Er wollte eigentlich nur mal kurz reinschauen und sich dann schnell wieder verdrücken. Aber, wie das so ist, er blieb hängen und feierte mit.
Er schaute auf die Armbanduhr. Es war nach 22 Uhr und morgen musste er wegen eines Termins auch noch früher raus als sonst.
Martin schwankte, dann stolperte er und rutschte aus.
„So ein Scheißdreck, muss das denn auch noch anfangen zu schneien... Oh mein Kopf, hätte ich bloß nicht so viel getrunken.
Ist mir schlecht...Und den Cognac nach Bier und Wein, den hätte ich wohl besser sein gelassen", dachte er benommen.

Als Martin zu Hause ankam, stand vor seiner Wohnungstür ein kleiner, roter Plastikstiefel, aus dem ein Tannenzweig und ein Päckchen schauten. An dem Päckchen klebte ein Zettel mit der Schrift von seiner Freundin Julia. „Viele Grüße vom Nikolaus", stand darauf.

Ach ja, konnte er sich gerade noch erinnern, heute ist Nikolaus.

Im Zimmer wickelte er das Päckchen aus. Es war ein Adventskalender, gefüllt mit „Edle Tropfen in Nuss". Die mochte er besonders gern, das wusste Julia. Aber heute Abend nicht mehr, dachte er und wollte nur noch ins Bett. Er schleuderte die Schuhe von den Füßen, die Hose knüllte er auf den Stuhl. Das Sakko warf er über die Stuhllehne und das Oberhemd und die Krawatte landeten irgendwie darüber. Ist doch egal, murmelte Martin, legte sich ins Bett und schlief sofort fest ein.

Die Uhr vom Kirchturm schlug 12 mal an, Mitternacht...

Ganz vorsichtig öffnete sich ein Türchen vom Adventskalender und ein Schokoladen-Nuss-Gesicht schaute durch den Spalt. Behutsam zwängte es sich durch die kleine Papptür und sah sich um.

Alles war ruhig und Martin schlief.

Das Pralinchen pfiff laut: „Die Luft ist rein, ihr könnt rauskommen!"

Nach und nach öffneten sich Türen im Adventskalender.

„Oh Whisky, was machst du denn für einen Lärm? Du weckst noch Martin auf!" zischte Himbeergeist und drehte sich zu seinem Nachbarn, „hallo Kirschwasser, schön, dass du auch da bist, ich liebe solche Nikolausnächte. Komm lass uns feiern!"

„Wir sollten erst mal Cognac und Calvados helfen, die haben Schwierigkeiten mit ihrer Tür, die klemmt ein bisschen."

Inzwischen waren auch Grappa und Pfirsichlikör hinzugekommen. Gemeinsam halfen sie auch Williams-Christ-Birnenbrand, Zwetschgenwasser, Kirschlikör, Aprikosenlikör und Cassis aus ihren Türchen. Alle putzten ihre Schokoladen-Nuss-Mäntelchen auf Hochglanz und dann ging es los. Sie schlidderten auf dem glatten Schreibtisch von Martin, dass es nur so schepperte.

Krach…klirr…knirsch. „Oh Kirschwasser, du hast den Napf mit den Schreibtischutensilien umgeworfen und nun ist die Schere rausgefallen und… hat Pfirsichlikör erstochen".

Die Schokolade und auch die Zuckerkruste waren zerbrochen und der Likör lief auf die Schreibtischplatte.

„Mmm…das tut mir leid, wir sollten uns lieber einen anderen Platz suchen, der ungefährlicher ist."

„Guck mal hier, der Schlips hängt so schön schief auf dem Sakko, da können wir wunderbar runter rutschen, fast wie rodeln auf dem Popo", jubelte Grappa und nahm Anlauf. Die anderen rutschten begeistert hinterher und landeten auf der zusammengeknüllten Hose. Von unten sahen sie sich betreten ihre Rutschbahn an. Lauter Schokoladenstreifen auf dem Schlips und auf der Hose Schokoflecke und viele Nusskrümel. Auf dem Schlips glänzten braune und rötliche Flecke. „Oh, oh...das sieht nicht gut aus. Und die Flecke da, hej wer konnte da nicht an sich halten?... Wir werden Ärger mit Martin bekommen", sagte Calvados, „sehen wir uns lieber das Zimmer an."

„Seht mal hier, wie Martin schläft, ist das ulkig", Whisky war auf das Bett gesprungen. „Wieso ulkig?", wollte Cognac wissen. Neugierig ging er ganz dicht an das Gesicht von Martin.

„Er schnarcht ganz fürchterlich, aber sieh mal hier, wenn er pustet, wackeln die Barthaare." Plötzlich grunzte Martin tief auf und drehte sich ruckartig auf die Seite. Cognac konnte nicht mehr wegspringen und Martin rollte sich auf die kleine Praline. Es knirschte und knackste und ein bräunlicher, schmieriger, klebriger Fleck machte sich auf dem Kopfkissen breit. Ein paar Stücke von der Zuckerkruste klebten in Martins Bart.

„Wenn wir so weitermachen, dann ist der Adventskalender morgen früh leer", sagte Zwetschgenwasser, „Martin sollte sich über uns freuen und nun haben wir nur Unfug angestellt. Wir müssen das in Ordnung bringen, los Cassis, hol den Nussknacker vom Adventskalender, der muss uns helfen." Cassis kam mit dem mürrisch drein schauenden Nussknacker wieder. „Was wollt ihr von

mir. Ich kann hier gar nichts machen. Wenn irgendeiner das in Ordnung bringen kann, dann der Nikolaus." Er drehte sich um und stakste hölzern zurück zu seinem Platz vor dem Kamin auf dem Adventskalender. „Ich suche den Nikolaus", sagte Kirschwasser, „der ist doch heute Nacht unterwegs."
Es dauerte nicht lange, da kam Nikolaus herein und hielt Kirschwasser in der Hand. „Was höre ich da, was habt ihr hier bloß angestellt?", brummte er, „und ich soll nun diese ganze Schweinerei wieder in Ordnung bringen? Wie seht ihr überhaupt aus, schaut euch doch mal an! Meint ihr, so sehen feine Nusspralinen mit Schnapsfüllung aus?" Nikolaus schüttelte den Kopf. „Also gut, für Martin, denn der hat so ein Chaos nicht verdient. Los stellt euch auf." Nikolaus nahm den Tannenzweig in die Hand, der auf einmal anfing zu glitzern und zu klingen. Er ging damit durch den Raum und alles war wieder sauber, ordentlich und an seinem Platz.
Die Kirchturmuhr schlug 1 Uhr.
Der Wecker fiepte laut und durchdringend.
Martin rollte sich aus seinem Bett. Vorsichtig sah er sich um, aber es sah alles noch so aus wie gestern, nur seine Sachen lagen ordentlich zusammengelegt auf dem Stuhl.
„Oh mein Kopf", stöhnte er „hab` ich einen Scheiß geträumt letzte Nacht", er rieb sich die Schläfen.
„Vielleicht sollte ich auf Apfelsaft umsteigen, Alkohol bekommt mir wohl nicht mehr."

Christine Fiedler

In einer Dezembernacht

Die Nacht war still und ruhig, der Wind hatte sich schlafen gelegt und die Sterne flimmerten am samtig schwarzen Himmel. Ein paar einzelne Schneeflocken schwebten sacht vom Himmel, so als wären sie nur Vorboten. Die Luft war eisig kalt und keine Menschenseele war mehr draußen. In wenigen Tagen war Weihnachten.
Das langgestreckte, flache Haus lag inmitten des großen, leeren Parkplatzes. Innen im Supermarkt war nur eine sparsame Nachtbeleuchtung eingeschaltet und die weite Halle war in ein gespenstisches Halbdunkel gehüllt. Es war so still, dass man das leise Summen der Tiefkühltruhen hören konnte.

Plötzlich erklang ein Stöhnen und Ächzen, und es knisterte leise. Im Mittelgang, wo die großen Körbe mit den Weihnachtsartikeln standen, wurde es unruhig. Ein dicker Schokoladenweihnachtsmann, der umgefallen war, richtete sich umständlich auf. Dabei knisterte das Silberpapier, in das er eingewickelt war. „Was machst du denn für einen Lärm, kannst du nicht ruhig liegen bleiben?", der Weihnachtsmann daneben schimpfte verschlafen. „Ich kann nicht mehr liegen, mir tun schon alle meine Schokoteile weh. Mit der ersten Lieferung bin ich hier im Markt angekommen. Weißt du, wie lange das schon her ist?" Aus einer anderen Ecke des Warenkorbes kam eine weinerliche Stimme, „Ich war auch in diesem Karton. Mich hat auch noch niemand gekauft. Vielleicht, weil bei uns das Papier nicht so ordentlich um die Schokolade gewickelt ist." „Nun ja, in ein paar Tagen ist Weihnachten und wir sind noch eine Menge Schokoladenweihnachtsmänner. Wer sollte uns noch haben wollen. Die meisten Menschen haben ihre Weihnachtseinkäufe doch erledigt." Auch dieser Schokomann schüttelte traurig den Hut. Im Nebenkorb lagen Tüten mit kleinen mit Milchcreme gefüllten Figuren. Das Zellophanpapier raschelte und die Kleinen erzählten auch, dass sie schon so lange hier warteten.

Noch einen Korb weiter lagen bergeweise Tüten und Schachteln mit Lebkuchen. Eine Tüte platzte wütend auf und ein Lebkuchen erboste sich, „wir sind gar nicht mehr frisch. Der Lebkuchenteig wurde irgendwann im Sommer gebacken und nun sind wir bald hart. Dann muss man uns in den Kaffee tunken, damit man uns gefahrlos essen kann. Die Schokoladenglasur ist schon abgeplatzt und liegt als Krümelkram in der Tüte. Ich würde mich jedenfalls auch nicht mehr haben wollen." Eine andere Tüte mit Geleekonfekt nickte. Nur die in Weihnachtspapier eingewickelten Schokoladentafeln blieben ganz ruhig liegen. „Uns ist das egal, die

Schokolade ist doch immer die gleiche, wir werden auch nach Weihnachten noch gegessen. Außerdem werden wir häufiger gekauft und bleiben nicht so lange liegen, aber wir verstehen euch. Was wollt ihr nun tun?" Die Lebkuchen und die Schokoladenweihnachtsmänner schauten sich ratlos an. „Wieso tun? Was sollen wir denn tun?" Auf einmal sprang ein Weihnachtsmann auf. Er schwang seine Schokoladenarme und schrie: „Ich weiß, was wir tun werden. Wir hauen ab! Wir sehen uns die Welt da draußen an."

Die ganze Schar stimmte begeistert zu. „Ja, das machen wir, wir hauen einfach ab!" In die großen Körbe kam Bewegung, und die Weihnachtsmänner und Lebkuchen machten sich auf den Weg durch den Supermarkt. Sie kamen an einem großen Ständer vorbei, der gefüllt war mit vielen Flaschen Christkindls Glühwein. Eine der Flaschen reckte verwundert ihren Hals. Was ist denn da los, dachte sie und verlor prompt im selben Moment das Gleichgewicht. Mit lautem Knall zerplatzte sie auf dem blanken Hallenfußboden und der Rotwein ergoss sich über die Fliesen. Davon wurden die anderen Flaschen wach. „Was macht ihr denn hier?", wollten die Glühweinflaschen wissen. Nachdem die Schokoladenfiguren ihnen ihr Leid geklagt hatten, jubelten die Glühweinflaschen begeistert auf. „Wir kommen mit!", schrieen sie. „Was glaubt ihr denn, wie lange wir hier schon stehen. Uns geht es doch genau so wie euch. Der Wein in unseren Bäuchen schmeckt bestimmt nicht mehr. Die vielen Gewürze und Aromen verderben doch schnell und der Wein wird muffig. Einige von uns aus der hinteren Reihe stehen auch schon sehr, sehr lange im Regal. Nehmt ihr uns mit?" Erwartungsvoll schlossen sich die Glühweinflaschen der Schar an. Und weiter ging es durch die Halle. Alle redeten aufgeregt durcheinander. Der größte Weihnachtsmann blieb plötzlich stehen. „Ruhe!", brüllte er, "wir machen solchen Lärm, dass uns noch einer vom Sicherheitsdienst bemerkt und dann werden wir in die Regale zurückbefördert." Erschrocken blieben alle stehen. „Wir haben euch aber bemerkt", sagte ein verschlafener Adventskalender. „Wir stehen hier abseits in der letzten Kiste und uns kann man zum Schnäppchenpreis kaufen, aber jetzt will uns niemand mehr. Es gab so viele verschiedene Adventskalender. Solche wie wir mit Schokoladenfüllung, welche mit Schnapspralinen, andere mit Tee und für die ganz Kleinen sogar mit Spielzeug gefüllt. Wer braucht die denn alle?" Der Adventskalender fing an zu weinen. „Können wir auch mitkommen?" Langsam leerten sich alle Körbe und Regale mit Weihnachtsartikeln und sie strebten dem unbewachten Hinterausgang zu. Vorsichtig schlichen sie die Gänge entlang und bemühten sich leise zu sein, nirgendwo anzustoßen oder etwas herunterzureißen. Die erste Tür aus der Supermarkthalle ging leicht zu öffnen. Danach kam der Lagerraum und dann war es nicht mehr weit bis zum Ausgang. Aber hier war es stockfinster und plötzlich purzelten alle übereinander, weil die hinteren nachschoben, aus Angst den Anschluss zu verlieren. Ein unbeschreibliches Durcheinander, Drängeln und Schubsen begann. Es wurde hemmungslos gegen die hier abgestellten Kisten und Kartons gerempelt.

Plötzlich übertönte ein lautes Krachen den Tumult, als wenn Kartons aufgebrochen werden und Klebestreifen platzen.

Es waren Kartons aufgebrochen und Klebestreifen von Verpackungen abgeplatzt. Viele bunte, verschlafene Schokoladenosterhasen schauten verwundert auf die Weihnachtsschar. Sie gähnten lauthals und fragten: „ Weihnachten ist wohl vorbei? Na ja, dann müssen wir jetzt los!"

Christine Fiedler

Wenn es Winter wird

Es geht langsam auf Weihnachten zu. Die Tage werden immer kürzer und grauer. Die Stimmung hebt sich auch nicht gerade bei neblig, düsterem Wetter und eiskaltem Wind. Man verkriecht sich lieber in der warmen Stube – oder man geht auf den Weihnachtsmarkt.

Genau das tat ich heute. Ich liebte das Durcheinandergedudel von Weihnachts- und Popmusik der Karussells, das Gewusel in den schmalen Gassen zwischen den Ständen und der Duft, der war einzigartig. So eine Mischung nach herzhafter Bratwurst, aromatischem Glühwein und süß nach Zuckerwatte und Kuchen.

Und in genau in der Reihenfolge hatte ich mir den Bauch vollgeschlagen. Hemmungslos stopfte ich mir Bratwurst, kandierten Apfel, Pilzpfanne und Glühwein, natürlich mit Schuss, hinein. Dann war ich bei der Zuckerwatte hängen geblieben und habe noch eine Tüte Quarkbällchen mitgenommen und unterwegs gegessen. Die Reste vertilgte ich im Auto. Ohne auch nur einen Funken schlechten Gewissens fuhr ich nach Hause.

Mitten in der Nacht wurde auf einmal krachend die Tür aufgerissen. Mit Schrecken sah ich, wie mein

Auto hereinstürzte. Böse funkelte es mich an. Wütend gab es immer wieder Gas und knallte mit den Türen.

„Du…", schrie es mich an. „Du bist das Letzte… Wie konnte ich es nur so lange bei dir aushalten." Der Auspuff röhrte.

Dann fuhr es fort. „Dass du mich sonst wenig wäschst, na ja gut. Angenehm sind die Waschanlagen nicht, die hauen einem nur die Lappen um die Scheinwerfer. Aber jetzt zum Winter…Du ziehst dir schicke Mäntel, Mützen und Schals an und schmierst dir gegen die Kälte eine besondere Creme ins Gesicht. Und ich? Mir gönnst du nicht mal eine Wachsschicht auf dem Lack, von einer Unterbodenkonservierung will ich gar nicht reden.

Da, schau dir meine Lampen an. Das Auto drehte mir sein Hinterteil zu. Vorn geht ja, aber hinten. Da brennt schon lange nur noch eine Lampe. Obwohl dir jemand auf dem Parkplatz Bescheid gesagt hatte, dass nur eine funktioniert, machst du nichts und bringst mich nicht in die Werkstatt. Aber du fährst nächste Woche zur Kontrolle zum Zahnarzt, nur um den Stempel im Bonusheft zu bekommen." Das Auto schnaufte erbost. Das war richtig, doch woher kennt es meinen Terminkalender? Nach einer kurzen Atempause schrie das Auto mich wieder an.

„Heute hast du deine Wohnung wieder auf Hochglanz gewienert und hast sie mit allerlei Weihnachtskrempel behängt. So was will ich ja gar nicht, aber wann hast du mein Inneres zum letzten Mal aufgeräumt, den Müll und die vielen verbrauchten Taschentücher weggebracht, und – vielleicht auch mal wieder abgesaugt? Die Fenster von innen könntest du auch putzen, du erkennst doch bald nicht mehr, ob draußen neblig ist oder die Sonne scheint. Bei dir ist es immer nebelig.

Der Gipfel aber waren heute deine Quarkbällchen. Überall sind Zuckerkrümel kleben geblieben. Auf den Sitzen und auf dem Boden hängen sogar Kuchenkrümel. Die leere Tüte liegt noch auf dem Beifahrersitz und das Ekeligste – du hast mit deinen klebrigen Fingern das Lenkrad angefasst und hinterher nicht abgewischt."

Das Auto riss seine Tür auf und fuhr auf mich zu. „Hier, fass es an und du bleibst dran bakken." Abwehrend ging ich einen Schritt zurück. Im selben Moment flog mir ein Paar Schuhe an den Kopf. Aua, das tat weh! „Hier hast du deine Sommerlatschen. Die liegen immer noch unter dem Sitz. Die brauchst du jetzt im Winter nicht. Bring sie in den Keller", fauchte mich böse das Auto an, „du hast jetzt draußen schöne warme Winterstiefel an den Füßen."

Durch den plötzlichen Schmerz am Kopf fuhr ich aus dem Schlaf. Am Kopf war eine Beule, ich war an den Nachtschrank gestoßen.

Benommen stand ich auf und ging zum Fenster. Der Wagen stand da, wo ich ihn abgestellt hatte. Es war noch dunkel, aber im Schein der Straßenlaterne glitzerte auf der Straße, der Hecke, den umliegenden Rasenflächen und - auch auf meinem Auto lag eine feine Raureifschicht. Da fiel es mir schlagartig ein. Es fuhr noch mit Sommerreifen.

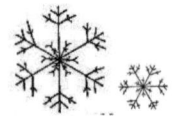

Anja Grunau

Schlange & Maus

Eines schönen Wintertages backte eine Maus einen Blauschimmelkäsekuchen. Heimlich schlängelte sich eine Ringelnatter aus dem Nachbarhaus durch die offene Tür. Das Tier war eifersüchtig, weil die Maus bei allen Tieren in der Stadt beliebter war als sie selbst. Sie wollte es der Maus gleichtun und das Kuchenbacken lernen.

Die Maus drehte sich zu ihr um.
„Komm rein! Möchtest du ein Stück von meiner Blauschimmelkäsetorte kosten?"
„Oh ja, sehr gern."
Die Ringelnatter naschte vom Kuchen. Er schmeckte ihr ausgezeichnet. Sie versuchte von der Maus das Backrezept zu bekommen.

„Dieser Kuchen ist eine Delikatesse. Ich wünschte, ich wäre auch eine gute Kuchenbäckerin wie du. Verrätst du mir dein Geheimnis? Dann würden mich auch alle gern haben."
Die Maus schüttelte nur den Kopf.
„Es gibt kein Geheimnis."
Die Ringelnatter gab nicht auf und versuchte es noch einmal, aber die Maus durchschaute sie.

„Du musst nicht backen oder kochen können, um beliebt zu sein."

Zischend vor Wut kehrte die Schlange zurück in ihr Haus. Mit Feuereifer begann sie ihren eigenen Kuchen zu backen. Sie wollte es besser machen, und so kam es, dass sie die Zeit vergaß. Die Enttäuschung war groß, als die Ringelnatter in den Ofen schaute. Sie hatte Tränen in den Augen. Am Ende war es ein verbrannter Käsekuchen und sie kam zu einer Erkenntnis. Eine starke Persönlichkeit braucht kein Handwerk, sondern einen guten Charakter.

Anja Grunau

Die Schokotorte

Die kleine Johanna war ein aufgewecktes Mädchen. Es war das erste Mal, dass sie an einem trüben und grauen Tag im Spätherbst nicht mit ihrer Mutter Carla in die Stadt ging. Stattdessen blieb sie allein zu Hause und backte eine außergewöhnliche Schokotorte. Der Unterschied bestand darin, dass diese nur wenige Kalorien hatte. Genauer gesagt, sie war gar nicht zum Essen gedacht.

Boden und Schokoladenbelag waren ungenießbar. Trotzdem sah sie, wie jeder Kuchen, zum Anbeißen aus. Johanna stellte die Torte sorgsam auf einen Teller. Im Anschluss daran steckte sie ein paar bunte Kerzen und Röschen hinein. Erschöpft kehrte Carla aus der Stadt zurück. Sie staunte nicht schlecht, als sie die Schokotorte in der Küche erblickte. Sogleich fürchtete sie um ihre Figur. Carla hatte eine große Schwäche für Süßes. Besonders bei Torten wie dieser konnte sie schwer widerstehen.

Um ein Haar währe Carla der Versuchung erlegen, doch einen Augenblick später sah sie die Blumen und die Kerzen, die darin steckten. Deswegen ließ die figurbewusste junge Frau schweren Herzens davon ab. Bisher ahnte sie nicht, dass dieser Kuchen aus ungenießbaren Zutaten bestand und kein gewöhnlicher war.

Johanna sah ihr kostbares Backwerk in Gefahr. Besorgt stürzte die Bäckerin in die Küche. „Stopp!", rief sie. „Den Kuchen vor der Geburtstagsfeier anschneiden bringt Unglück, Mama. Bei dieser Torte brauchst du dir aber keine Sorgen um deine Figur zu machen", fuhr sie fort. Carla versicherte, dass sie vor ihrem Geburtstag kein Stück davon probieren würde.

Am nächsten Tag war es schließlich soweit. Johanna deckte den Kaffeetisch ein. Dabei stellte sie sich vor, wie ihre Mutter wohl reagieren würde, wenn sie merkte, dass es gar keine echte Schokotorte war, sondern eine wirklich ungewöhnliche Kreation, die sie so noch nie in ihrem Leben gesehen hatte.

Glücklicherweise war Carla im Badezimmer und richtete sich für die Party her. Rasch beseitigte Johanna die letzten Spuren, um das Rätsel um die Torte weiter zu wahren. Kurz darauf standen die ersten Gäste vor der Tür. Für Johanna bot sich eine günstige Gelegenheit, unbemerkt huschte sie in die Küche.

Mit größter Vorsicht trug sie die mit den Kerzen und Röschen verzierte Schokotorte zur Kaffeetafel. Carla konnte es kaum erwarten. Als sie den Kuchen anschneiden wollte, machte sie eine erstaunliche Entdeckung.

Wortlos legte sie das Messer hin. Was für eine wundersame Torte war das? Aus welchen Zutaten bestand sie? Johanna spannte ihre Mutter und die Gäste nicht länger auf die Folter. Sie lüftete das Geheimnis um den außergewöhnlichen und verführerisch aussehenden Kuchen. Fröhlich lächelnd präsentierte sie ihre selbst gebastelte Torte aus Papier.

Anja Grunau

Glück bringende Zauberwurzel

Der besinnliche Adventsnachmittag war dahin. Yvonne hatte bei der Gestaltung des Kinderzimmers keine ruhige Minute. Ein ungutes Gefühl beschlich sie. Fenella murmelte wieder irgendwelche Zaubersprüche. Den Herbst und Winter über hauste die kleine quirlige Kräuterhexe mit ihrem Raben Alexius auf dem Dachboden. Für ihre magischen Zwecke setzte sie die Zauberkräfte der Alraune ein, die sie beim letzten Vollmond in ihrem Hexengarten geerntet hatte.

Yvonne durchsuchte in Panik das ganze Wohnzimmer. Verwundert betrachtete sie im Schein der Kerzen die verzweigte Alraunenwurzel. Augenblicklich sauste Fenella auf ihrem Besen herein. „Da bist du ja, Yvonne. Eben wollte ich dir das Alraunenmännlein geben. Als Amulett am Körper getragen, schützt es dich vor Krankheiten. Außerdem soll es Glück bringen und dir bei der Geburt deiner Zwillinge helfen." „Herzlichen Dank liebes Hexlein!" Mit einem freundlichen Lächeln legte die Hausherrin sich das Amulett um den Hals.

Fenella deponierte unterdessen die andere Alraunenwurzel auf dem Kaminsims. „So Yvonne, dein Haus ist vor Unheil und bösen Geistern geschützt. Wenn du Geld neben der Alraunenwurzel platzierst, soll es sich verdoppeln." Eh Yvonne sich versah, klatschte die Kräuterhexe in die Hände, und ein paar Scheine flatterten herbei.

Diese landeten aber ganz woanders. Yvonne hob sie vom Fußboden auf und legte sie gleich neben die Alraune. Fenella plauderte nebenbei weiter aus dem Nähkästchen. Yvonne hörte ihr geduldig zu, bis die Haustür aufging. Ihr Göttergatte Silvio betrat völlig durchgefroren das Wohnzimmer und gab seiner Liebsten einen Kuss.

Kritisch begutachtete er das Alraunenmännlein. „Um Gotteswillen, die Alraune ist wirklich ein sonderbares Gewächs. Wir sollten sie lieber verschwinden lassen, sonst veranstaltet Fenella wieder irgend so ein Hokuspokus. Silvio entfernte das Wurzelmännchen vom Kamin. In letzter Sekunde konnte Yvonne dieses retten, bevor ihr Schatz es in der Tonne entsorgte.

Noch im gleichen Moment hatte Fenella ein Funkeln in den Augen. „So ein borniter Menschenkerl! Weinbergschnecken sollen aus seiner Hose kriechen." Fenella kicherte schelmisch. Yvonne war stocksauer. Die Viecher kletterten doch tatsächlich an ihrem Gummibaum hoch. Es wurden immer mehr.

Hier war jetzt erst einmal Schadensbegrenzung angesagt. Hastig sammelte sie die Schnecken ein und packte die Gelegenheit beim Schopf. Was hatte sie nun vor? Die Hexe traute ihren Augen kaum. Yvonne hatte ihren Kräutervorrat geplündert. Wütend flitzte sie in die Küche und drohte der jungen Frau mit ihrem Besen. Zu ihrem Entsetzen servierte Yvonne geröstete Weinbergschnecken, garniert mit Kräuterbutter aus Basilikum, Estragon und Petersilie. Mit so einer Retourkutsche hatte sie nicht gerechnet. Beleidigt zog Fenella sich auf den Dachboden zurück und schmollte.

Anja Grunau

Irgendwas ist immer

Die Kerzen erhellten das Haus. Carolin betrachtete die neue Tasche und fuhr mit der Hand über das Leder. Sie schaute aus dem Fenster. Weiße Flocken fielen vom Himmel. Für die Jungdesignerin war Weihnachten die schönste Zeit im Jahr. Es war das erste Mal, dass sie das Fest der Liebe gemeinsam mit ihrem Verlobten Gerrit in ihrer neuen Heimat Wismar feierte.

Gerade wollte sie ein Buch lesen, als es plötzlich an der Tür klingelte. „Hallo Kind! Ich dachte, ich besuche euch mal im neuen Heim." Carolin erschrak. Mit ihrer Mutter hatte sie nicht gerechnet. „Hallo Mama! Schön dass du mich besuchst. Ich freue mich sehr", erwiderte sie ein wenig verkniffen. Anna hing ihren Mantel an die Garderobe und verkündete, dass sie ein paar Tage bleiben wollte. Carolin fiel aus allen Wolken. Angestrengt überlegte sie, wie sie das nur ihrem Gerrit beibringen sollte.

Carolin stand in der Küche. Völlig erschöpft kam Gerrit von der Arbeit nach Hause. „Hallo Schatz!", begrüßte er seine Liebste und gab ihr einen Kuss. „Wie war dein Tag?", fragte sie. „Wie immer." Als Gerrit vom Besuch seiner Schwiegermutter erfuhr, verzog er das Gesicht und verdrehte die Augen. Carolin tat alles, um ihn zu besänftigen.

Gerrit saß im Sessel und las bei einem kühlen Bier die Zeitung, während Carolin das Essen servierte. Im selben Moment stolperte Anna ins Zimmer. „Das ist typisch Mann! Überall liegen seine Sachen herum. Jetzt erkläre ich dir, wie du ihm Ordnung beibringen kannst." Dann hielt sie ihrer Tochter einen langen Vortrag. „Alte Hexe!", fluchte Gerrit und hielt sich trotzig die Ohren zu.

Am Wochenende hatte sich Carolin fest mit ihrer Freundin in der Stadt verabredet. Sie gab ihrem Schatz einen Kuss und ging. Jetzt hieß es für Gerrit Ruhe bewahren, denn er war den Nachmittag über allein mit seiner Schwiegermutter. Die ganze Zeit wetterte sie, er solle endlich aufräumen lernen.

Als Anna an seine Sachen ging, riss Gerrit endgültig der Geduldsfaden. Rasch holte er den toten Goldfisch, den er aus dem Aquarium entsorgt hatte, hervor und häckselte ihn in ihre Soljanka. Schimpfend lief sie wie ein aufgescheuchtes Huhn durch die Wohnung. Gerrit rieb sich triumphierend die Hände. Ein verschwörerisches Lächeln spielte um seine Lippen. Schließlich öffnete er sich eine Flasche Bier und feierte seinen Sieg.

Inge Kaschewski

Advent

Winterlich sieht die Welt aus, Schneeflocken tänzeln vom Himmel. Fröstelnd eilen Menschen mit hoch geschlagenem Kragen durch die Stadt. Sie freuen sich auf ihr mollig warmes Heim, das adventlich geschmückt auf sie wartet. Auch Vorgärten, Häuser und Straßen strahlen im Adventsschmuck.
Ein Abendspaziergang in der Adventszeit ist schon etwas ganz Besonderes, Besinnliches in der dunklen Jahreszeit. Doch auch Jubel und Trubel bietet die Adventszeit. Der Nikolaustag fällt stets in diese schöne Zeit. Am 6. Dezember ist es wieder einmal soweit, Schuhe und Stiefel müssen blank geputzt sein. Das liebt der Nikolaus und belohnt die fleißigen Putzer mit einem kleinen Geschenk. Na, das ist ein Geputze bei Groß und Klein am Vortag von Nikolaus.
„Tja, das ist Tradition, mein lieber Sohn", der Vater zu Kläuschen spricht. „Tradition, was ist das Papa?" „Naja, wenn etwas aus einem besonderen Anlass schon lange Zeit gemacht wird, das nennt man Tradition." „Ach so", meint Klaus nachdenklich. Doch Schuhe putzen mag er einfach nicht. Schmutz und Schuhcreme an den Händen ist nichts für ihn. Trotzdem greift er zur Bürste, putzt und wienert seine Stiefel sogar. Auf Süßigkeiten kann er

notgedrungen verzichten, er hat nur einen riesengroßen Wunsch und das ist ein Eichhörnchenpuzzle.

Während eines Waldspaziergangs mit seinen Eltern, sieht Klaus zum ersten Mal in seinem vierjährigen Leben ein Eichhörnchen. Eilig flitzte es über den Waldboden, klettert blitzschnell an einer hohen Tanne empor, springt von einem Baum zum anderen und verschwindet in den dichten Baumwipfeln des herbstlichen Waldes. Rotbraunes Fell hat das Eichhörnchen, einen buschigen Schwanz, spitze Ohren sowie kleine, schwarze Knopfaugen. „Oh, so etwas Schönes möchte ich auch gerne haben", bettelt er seine Eltern. „Mal schauen, ob der Nikolaus ein Eichhörnchenpuzzle für dich hat", sagt Papa. Klaus nickt freudig.

Morgen ist nun Nikolaustag. Kläuschen ist total aufgeregt. In meinen kleinen Stiefeln hat das Puzzlespiel keinen Platz, überlegt der kleine Mann, was kann ich bloß machen?

Da sieht er Opas Riesenstiefel stehen. Na, die sind aber groß, da passt das Puzzlespiel bestimmt hinein. Doch was hat Opa damit gemacht? Die Stiefel sind voller Schmutz. Klaus schleppt nun die großen Stiefel an, putzt und schwitzt, doch richtig sauber bekommt er die Riesendinger nicht. An seine Hände denkt er gar nicht mehr, von Schmutz und Schuhcreme sind sie schon ganz schwarz geworden. „Ich werde bald fünf Jahre, schon ganz schön groß, überlegt er während des Stiefelputzens. Ob der

Nikolaus mir das Eichhörnchenpuzzle bringt?, grübelt er weiter.

So, besser bekomme ich die Stiefel nicht geputzt, ich bin schon ganz kaputt, erschrocken sieht er seine schmutzigen Hände an. Während des Händewaschens im Badezimmer entdeckt er im Kinderspiegel seinen vollgeschmierten Pullover, auch sein Gesicht hat was abbekommen.

Es sieht aus als wäre er der Verlierer beim Schwarzer-Peter-Spiel. Ohweia, ist nun der große Mann ganz klein. Mama wird sich nicht freuen. Oh, da kommt Mama schon. Entsetzt ruft sie, „Junge, wie siehst du aus!" „Ich habe Opas Stiefel geputzt, weil meine zu klein sind für das Puzzle."

„Die Riesenstiefel", staunt Mama, „du hast dir zu helfen gewusst Kläuschen", meint Mama versöhnlicher und ein wenig stolz.

In der Nacht findet Klaus kaum Ruhe, das Eichhörnchen Puzzle spukt in seinem Kopf herum.

Am Nikolausmorgen stürzt er noch im Schlafanzug in den Hausflur. Tatsächlich, in Opas Stiefel steckt ein hübsch verpacktes Päckchen. Ungeduldig reißt er das Papier auf und – hurra – der Nikolaus hat mir das Eichhörnchenpuzzle gebracht, der gute Nikolaus! „Das ist ja toll", freut sich die Familie mit ihrem kleinen Liebling.

„Hängt der Nikolausstiefel in diesem Jahr auch wieder an deinem Bett, Kläuschen?", fragt Mama.

„Ich habe gar nicht daran gedacht", Kläuschen

stürmt zu seinem Bett. „Ja, Mama, der hängt wieder da". Sprachlos staunend zieht er ein Plüscheichhörnchen aus dem Stiefel. „Oh, das ist wirklich sehr, sehr schön", findet die Familie. „Ich weiß auch schon wie es heißen soll, Hänschen, mein Hänschen", schmeichelt Klaus und streichelt den buschigen Schwanz. „Das Eichhörnchen wird mein Kuschel-Eichhörnchen im Bett", freut sich Klaus. „Wir träumen vom Weihnachtsmann und artig sind wir ganz bestimmt auch, nicht Hänschen?" „Na, dann ist ja alles gut", lacht Papa.

Inge Kaschewski

Jane und Erinnerungen

Die Zeit vergeht. Im August fand Janes Einschulung statt. Jetzt nähern wir uns schon Weihnachten. Janes Wünsche sind riesengroß, doch ob sie noch an den Weihnachtsmann glaubt, ist fraglich. Immerhin ist sie schon ein Schulkind. Schon im vergangenen Jahr fragte sie: „Mama, warum gibst du Oma die Geschenke für mich?", und brachte die Erwachsenen direkt in Verlegenheit. Doch tagtäglich strömt so viel Neues auf sie ein, unbewusst tastet sie sich ins Leben.

Die Adventszeit ist das große Vorerlebnis der kommenden Weihnachtszeit. Überall an den Fenstern, auf Straßen und Plätzen leuchtet es festlich, unterstrichen von weißen, tänzelnden Schneeflockensternen. Irgendwie ist es heimelig.

Janes Mama hat eine besondere Begabung ihrem Heim eine gemütliche Atmosphäre zu geben. Kränze, Fensterschmuck und Kerzen leuchten und strahlen bis in die Herzen.

In Janes Kindergartenzeit bastelt sie zur Adventszeit Geschenke unter Anleitung ihrer Erzieherin. Auch Oma vergisst sie nicht. An Omas Küchenfenster hängt ein Vogelhäuschen. Auf dem beweglichen Kreis werden Vogelfutterkörner gespickt, ein hungriger Vogel fliegt zum Futterplatz. Oh, wie strahlt Jane, als sie in diesem Jahr den Festschmuck wieder entdeckt. „Das Vogelhäuschen habe ich dir gebastelt und geschenkt Oma, du magst doch Vögel so gerne." „Ja, das ist ein wirklich schönes Geschenk Jane", freut sich Oma. „Komm jetzt, Mäuschen, wir wollen den hungrigen Vögeln Futter bringen. Sie frieren draußen in der Kälte." „Ja, Oma, sie freuen sich. Guck mal, sie warten schon auf uns." Ein buntes Bild bietet das Futterhäuschen mit den quirligen Meisen, Spatzen und anderen Vögeln. Alle tummeln sich erwartungsvoll um das Futterhäuschen.

Fragend schaut Jane Oma an, „Ob der Weihnachtsmann mir meine Puppe bringt, die Gitarre spielt und tanzt? Ich wünsche sie mir so doll." „Na ja, zu tun hat der Weihnachtsmann wirklich. Doch du bist fast immer artig. Wir werden sehen, ob er es schafft, so eine tolle Puppe rechtzeitig herzustellen."

Jane zählt auf was sie sich wünscht, „Puppenkleider für meine Annabell, einen Fotoapparat, ein neues Fahrrad und so´n komisches krummes Ding, was immer wieder zu mir zurück kommt, na, so wie in Australien." „Du meinst einen Bumerang", lächelt Oma. „Ja, so heißt das. Eine neue Hose wünsche ich mir und…" Oh, das ist ja der reinste Konsum, geht es Oma durch den Sinn.

Sie erinnert sich zurück. Als sie noch ein Kind war, da tobte der zweite Weltkrieg. Die Geschäfte waren leer, in den Städten herrschte Hunger. Dazu die

Bombardierungen. Damals hatte der Weihnachtsmann große Mühe etwas für die Kinder herzustellen. Und doch brachte er Oma am heiligen Abend ein kleines Puppenkind, dem die linke Hand fehlte. Oh, war Oma glücklich. Sie nannte das Püppchen Emmi. Ein kleines, graues Fellstückchen band sie Emmi um den Bauch. Das war die Muscheldikuscheldecke. Emmi wurde ihr erkorener Liebling, ohne Emmi konnte sie nicht schlafen. Emmi in dem grünen gehäkelten Kleid mit zarten roten Rändern, ward somit Omas Bettpüppchen.
Gedankenverloren lächelt Oma. Tja, das sind so die Erinnerungen. Alles musste dunkel sein. Kein Licht durfte nach draußen dringen, denn nachts kamen die feindlichen Flugzeuge mit ihren Tod bringenden Bomben. Es war eine so harte Zeit.
Ein Glück, dass sie vorbei ist, kommt Oma in die Gegenwart zurück und streichelt liebevoll Janes braunen Haarschopf.

Inge Kaschewski

Das Weihnachtsschiff

Weiß schäumend, spritzende Schaumkronen jagen
auf Meereswellen.
Am steinigen Strand zurück sie schellen.
Auf brodelndem Meer gleitet das Weihnachtsschiff.
Petrus, der Steuermann umschifft sicher Felsen und Riff.

Der kleine Klabautermann lugt aus seinem Versteck,
und es durchfährt ihn ein freudiger Schreck.
Das Schiff steuert Gottes rechte Hand,
alles palletti weiß er und verschwand.

Die Schiffsreise begann hoch im Norden
unweit der himmlischen Pforten.
Das Schiff charterte der Weihnachtsmann,
seinen Weihnachtsschlitten und Rentier Rudolf er mitnahm.

In der Kajüte braute der Weihnachtsmann Punsch.
Trink Steuermann, das ist doch dein Wunsch.
Der eiskalte Nordwind geht in die Knochen,
jetzt wird der Punsch mit Appetit genossen.

Petrus, dem das Unwetter nichts anhaben kann,
steht auf der Brücke, ein sicherer Steuermann.

Als der Schiffskiel knirscht auf kiesigem Sand,
ist das Schiff angekommen im Weihnachts-
Märchenland.

Rentier Rudolf vor den Schlitten gespannt,
fährt der Weihnachtsmann in Stadt und Land.
Von allen Kindern sehnlichst erwartet
er die Geschenkeübergabe startet.

Seine Rute braucht er nur ein einziges Mal,
einem vorlauten Kind war er völlig egal.
Jedes Gedicht gelingt, wenn auch ängstlich und schlecht,
dem Weihnachtmann jedoch ist alles recht.

Damit der Weihnachtsmann die Kinder beglückt,
haben die Englein genäht, gebastelt und gestrickt.
Mit diesen Gaben hat der Weihnachtsmann die Kinder bedacht.
Die freuten sich und haben dankbar gelacht.

Erschöpft verteilt der Weihnachtmann seine restlichen Gaben.
Als alles verteilt war, ist er zum Schiff zurück gefahren.
Petrus, der Steuermann, überrascht ihn mit Tee.
Auf der Heimfahrt war, Gott sei Dank, eine ruhige See.

Inge Kaschewski

Wo wohnt der Weihnachtsmann

„Steffi, Steffi", aufgeregt, völlig außer Atem, ruft Peter schon von weitem seine kleine Freundin, die mit roten Apfelwangen und weißer Bommelmütze, einen Rodelschlitten ziehend, Peter zum Rodeln abholen möchte.
Peters Vater hatte den Jungen gestern mit in die Stadt genommen. „In der Stadt ist kein Schnee Steffi, bloß so`n schmutziger Matsch", erzählt der Junge, „und der Schnee auf dem Marktplatz ist total zertrampelt. Ein Karussell mit Holzpferden ist da, ein paar Buden und Tannen mit Märchenbildern. In einer Bude gibt es bunte, große und kleine Pfefferkuchenherzen, da steht was drauf, ich glaube `ich liebe dich` oder so was ungefähr. Schade, dass ich noch nicht lesen kann. Luftballon kaputt schmeißen mit so`m komischen Dingsda. Ist einer getroffen, hat man gewonnen. So eine kleine Zappelpuppe oder was anderes, ich weiß nicht mehr. Losen kann man auch, haben wir nicht. Aber Steffi, der Weihnachtsmann war nicht da", erzählt der Junge weiter. „Papa sagt, der findet den Weihnachtsmarkt wohl nicht. Ich habe Papa gefragt, wo der Weihnachtmann wohnt. Er sagt, na der wohnt weit weg in unserem großen Wald. Steffi weißt du was, wir suchen den Weihnachtsmann, ja?"

Eifrig nickt Steffi. Schon stapfen die Kinder dem großen, weißbemützten Wald entgegen, der fast ans Dorf grenzt. „Der Weihnachtmann kommt mit dem Schlitten, den zwei Schimmel ziehen, Musik ist dabei und viele, viele Kinder", überlegt die fünfjährige Steffi laut. „Ja und Schnee auch", ruft der eben so alte Peter mit glänzenden braunen Augen. „Der Weihnachtmann wirft vom Schlitten den Kindern Bonbons hin", erzählt Steffi weiter. „Ja", ruft Peter, „und die Pferde laufen, die Glöckchen läuten ganz doll von den langen Riemen, die vom Pferderücken runter bammeln." „Und winken tut er auch", erinnert sich Steffi. Während des Erzählens merken die Kinder nicht, dass sie vom Weg abgekommen sind, und sich nun mutterseelenallein inmitten des verschneiten Waldes befinden. „Mich hat er gestreichelt, aber seine Hand war so kalt, so doll hat er gefroren. Überleg mal Peter, wie kalt es ist. Ist ja nicht mehr Sommer. Weißt du Peter, wenn ich den Weihnachtsmann sehe, mit seinem roten Mantel und weißen Pelz drum und den schwarzen Stiefeln, kribbelt mir das immer so komisch im Bauch. So wie Angst nicht, ich weiß auch nicht wie. Ja und einmal konnte mein Papa sein Gedicht nicht richtig. Da hat der Weihnachtsmann gebrummelt und ihm mit der Rute gedroht. Da hab ich ganz doll Angst gehabt." „Wo sind wir", stutzt Peter entsetzt. Erschrocken, wie versteinert stehen die Kinder mitten im dämmrigen Wald. Tapfer kämpfen sie gegen die aufsteigenden

Tränen. Plötzlich entdeckt Steffi einen kleinen Tannenbaum, dann einen großen auf dem Weg. „Die sind für Weihnachten", meint Steffi, „der Weihnachtmann hat sie schon hingelegt, hier wohnt er, es ist bestimmt nicht mehr weit." An den Händen gefasst gehen die Kinder beklommen weiter. Mit einem Mal befinden sie sich auf einer Lichtung, und da, auf der anderen Seite steht ein Tannenbaum, von strahlendem Kerzenschein umgeben. Grüne Büsche, mit kleinen goldenen Sternen übersät, funkeln und glitzern im Schnee eines Vorgartens, der zu einem schmucken Haus gehört. „Hier wohnt bestimmt der Weihnachtsmann", flüstert Peter. „Ja", haucht Steffi zurück. „Du, guck mal, über der Tür sind große und kleine Geweihe angemacht", sagt Peter. Staunend stehen die Kinder vor dem märchenhaft schönen Anwesen. Mit einem Mal öffnet sich die schwere, grüne Holztür und der Weihnachtmann mit weißem Vollbart und graublauem Pullover steht darin, meinen die Kinder. Ein Dackel läuft laut kläffend auf die Kinder zu. Nun hat auch der Weihnachtmann sie entdeckt. Er ruft seinen Hund zurück, der nicht aufhören will die Kinder zu verbellen. Fragend schaut er sie an. Schließlich meint er: „Wo kommt ihr Knirpse denn her?" „Wir, wir suchen dich, Weihnachtsmann", antwortet schüchtern Peter. Steffi kann nur verstört mit dem Kopf nicken. „Warum sucht ihr mich?", fragt der vermeintliche Weihnachtsmann. „Weil, weil du auf dem Weihnachtsmarkt gebraucht wirst, alle warten da schon auf dich", entgegnet Peter. „Nun kommt erst mal ins Haus. Sicher seid ihr müde und verfroren", meint der freundliche Alte, „dann erzählt ihr genauer." In der warmen gemütlichen Stube duftet es nach Bratäpfeln und Backwerk. Neben flackernden Kerzen stehen Näschereien, Äpfel und Nüsse auf dem Tisch. Das schmeckt den Kindern so gut. Zutraulich erzählen sie von dem ach so kahlen Weihnachtsmarkt ohne Weihnachtsmann. „Na ja, schön und gut, doch ich bin nicht der Weihnachtmann, ich bin der Förster." „Nicht der Weihnachtsmann", stottern die Kinder fassungslos, „aber wo wohnt denn der?" „Gleich beantworte ich eure Frage, doch sagt mir jetzt eure Namen und woher ihr kommt. Eure Eltern sorgen sich vermutlich schon sehr." Oh, daran hatten die zwei Weltenbummler auf Weihnachtsmannsuche überhaupt noch nicht gedacht. „ Ich heiße Peter Raasch und wohne in Hasselfelde und ich Steffi Sommerfeld." „Nanu, ein Sommerfeld im Winter", scherzt der Förster. „Ist dein Vater Tischlermeister in Hasselfelde, Peter?", fragt der Förster, „dann kenne ich ihn, ich rufe ihn an, damit er euch nach Hause holt, ihr Zwerge. Also, kürzlich war ich weit draußen, dort wo der Wald immer dichter wird, um Futterraufen des Wildes zu kontrollieren. Und dort, ganz in der Nähe, wohnt der Weihnachtsmann. Kein Arbeitslärm war zu hören. Ich wagte mich in das Heiligtum des Weihnachtsmannes. Da saß der Weihnachtmann, sorgenschwer mit schmerzverzogenem Gesicht. Ein dicker Verband war um seinen rechten Fuß gewickelt, er hatte sich seinen großen Zeh verstaucht. Vor ihm auf dem Tisch lagen unzählige Wunschzettel. Es gab so viel zu tun, um alle Wünsche zu erfüllen. Etliche Kinder wünschten sich ein Skateboard. Da kam dem Weihnachtmann die Erleuchtung, klar, mit einem Skateboard geht alles viel schneller. Sportlich und jung hält es außerdem, ganz umsonst. Schon sauste er mit so einem Gefährt in seiner Werkstatt herum, stellt euch das mal vor, der Weihnachtmann fährt Skateboard." Steffi und Peter sind begeistert. „Ich habe mir auch eins gewünscht", ruft Peter. „Ich auch", echot Steffi. „Na prima, gestern flitzte der Weihnachtsmann so mit hundert Sachen durch seine Werkstatt, denn er wollte ja bald wieder zum Weihnachtsmarkt, und bauz, kippt er um. Ja, nicht nur Kinder stürzen mit so einem Teufelsding, auch der Weihnachtmann zahlt Lehrgeld. Doch vergessen hat er den Weihnachtsmarkt nicht. Auf mich redete er ein und überzeugte mich schließlich, ihn morgen auf dem Weihnachtsmarkt zu vertreten, weil ich ja auch so einen tollen Rauschebart trage." Die Kinder jubeln, „du siehst ja auch aus, wie ein echter Weihnachtsmann." „Der arme liebe Weihnachtsmann", ruft Steffi spontan. Der Förster entgegnet, „übermorgen will er aber seine schwarzen mit weißem Pelz gefütterten Stiefel wieder anziehen und sich auf den Weg zum Weihnachtsmarkt machen. „Mit seinem Schimmelschlitten", freut sich

Steffi. Peter ruft begeistert, „oh ja, der Weihnachtsmann kommt bald, hurra!"

Peter Schallje

Zur Weihnachtszeit

Still stellt das Jahr das Blühen ein,
verharrt im kühlen Atem.
Es ist, als ob Mensch, Baum und See
auf langen Frieden warten.

Ein Frieden der zur Weihnachtszeit
die ganze Welt berührt
und viele Menschen hoffnungsvoll
und froh zusammenführt.

Von Ferne klingt ein Glockenton,
ermahnt zum stillen Denken,
die Freude, die man selbst erlebt,
auch Anderen zu schenken.

Der Abend senkt sich still herab
erglüht im Kerzenschein,
ganz langsam geht der Himmel auf
und lässt es friedlich schneien.

Peter Schallje

Am Ende des Jahres

Schweigende Bäume, kein Rauschen, kein Wiegen,
kein Vogelgezwitscher im kahlen Geäst.
Nur eiskalter Wind, alles durchdringend,
der Menschen und Tiere erschauern lässt.

Verweht längst die Spuren am trostlosen Strand,
das Jauchzen und Kreischen vom Nebel
verschlungen.
Geflüsterte Worte bei sinkender Sonne,
wo sind sie geblieben, Erinnerungen.

Erinnerungen an Sommertage,
zerstoben, verwoben wie Träume der Nacht .
Der Himmel so schwer, bleigrau die Wolken,
erdrücken die Dächer mit spürbarer Kraft.

Gedanken am Feuer, rot glühende Glut,
ein Knistern und Flüstern im Flammenschein.
Unterm Schnee in den Feldern die Saat still ruht,
schweigend zieht Winterzeit ein.

Peter Schallje

Kaminfeuer

Goldrot, warm die Flamme lodert
über glühend, weißer Glut
und das Knistern, Knacken, Wummern
spricht zu mir und Sorge ruht.

Kummer, Alltagssorgen, Leid,
geb' ich gleichsam zum Verzehr.
Geist, Gedanken schweben leicht
in den Flammen hin und her.

Wie die großen Kummerscheite
In der Lohe nun verglüh'n,
schweben daraus Hoffnungsträume,
die mich in die Ferne zieh'n.

Dunkelrot, zerfallen, klein,
noch ein Flämmchen hier und dort,
sinkt die Glut in weiße Asche,
nimmt mir meine Träume fort.

Doch die Wärme, die ich spüre,
hüllt noch lange weich mich ein,
und ein Traum entführt mich leise
in ein and'res, fernes Sein.

Peter Schallje

Kerzenflamme

Stumm, still, mit gelbem, warmen Licht
steht eine Kerzenflamme, feierlich.
Das Auge schaut, verschwimmt in Träumerein
und hüllt den Sinn in Glück und Frieden ein.

Und wie ein Hauch entfliehen alle Sorgen,
verglühen gleichsam stetig grau im Ruß.
Im Traum klingt fern und leis´ ein helles Singen,
ein wenig Weh, grad wie ein Abschiedsgruß.

Still steht die Zeit, der Geist ist eingefangen
und ringsum ist die Welt entrückt,
was grad noch wichtig war ist weit, weit
fortgegangen
und kehrt, so glaubt man, nie zurück.

Doch einmal muss das Licht erlöschen,
ein dünner Faden Rauch löst bläulich, weiß sich auf
und nimmt die Träume mit auf eine Reise,
verliert sich ganz und gar in Zeit und Raum.

Peter Schallje

Schlafendes „Winterland"

Still und starr steh´n Strauch und Bäume,
Äste klagend ausgestreckt.
Blumen, Blüten warmer Tage,
tief im nassen Laub versteckt.
Bräunlich, gelb die weiten Saaten
strecken Hälmchen in die Höh´,
wo ist nur die weiße Decke,
wo bleibt nur der dichte Schnee?
Nass die Häuserdächer glänzen,
grauer Rauch fällt dünn hernieder,
steigt nicht g´rad zum Himmel auf,
Regenschleier immer wieder.
An dem kleinen Vogelhäuschen
hängt schlaff, tropfend Tannenreis,
kein Besuch von schwarzen Amseln,
Spatzen, Rotkehlchen und Meis´.
Weites Land, nur stille Fragen
soll es ruh´n oder schon blüh´n?
Lange ziehen sich die Tage
und die dunklen Nächte hin.
Doch dort seh´ ich grüne Spitzen,
sind´s Narzissen, Tulpen gar?
Oh, die Hoffnung keimt schon wieder
auf ein schönes Frühlingsjahr.

Claudia Wendt

Der eingeschneite Weihnachtsmann

Der Weihnachtsmann ist eingeschneit,
das ist eine große Schwierigkeit.
Die ganze Welt wartet auf den Mann,
der unter jeden Baum Geschenke packen kann.
Und auch der Weihnachtsmann ist schockiert,
dass ausgerechnet ihm so was passiert.
Er war schon längst drauf vorbereitet,
dass am Nordpol Schnee ist weit verbreitet.
Aber sein allergrößtes Problem,
er kommt nicht aus dem Haus, um loszugehen.
Die Häuser sind vom Schnee bedeckt,
weder Mann noch Wichtel kommen weg.
Er hat eine Maschine bei sich stehen,
zum Schnee schmelzen,
das soll einfach gehen.
Die Maschine ist defekt, kaputt, spinnt rum,
das kommt jetzt ganz besonders dumm.
Denn anstatt, dass sie weiße Massen beseitigt,
spuckt sie sie aus und verteidigt
so ihr Stellungsrevier
wie ein angeschlagenes Tier.
Zu dem Schnee außerhalb vom Haus,
füllt der Schnee es innen noch aus.
Weihnachtsmann und Wichtel beraten sich nun,
was ist jetzt am Besten zu tun?

Ein Wichtel schlägt vor den Strom abzustellen,
und zur Maschine dann zu schnellen,
um sie dann zu reparieren,
damit man kommt zu Schlitten und Rentieren.
Der Weihnachtsmann und die Wichtel stimmen ein.
So soll es sein!
Man nimmt sich eine Kerze und geht in den Keller,
oben war es wesentlich heller
denken sich Wichtel und Weihnachtsmann
und strengen ihre Augen an.
In einer Ecke weiter hinten
sehen sie was Metallenes blinken.
Dort ist der Stromkasten zu sehen,
sie müssen nur bis dorthin gehen.
Alle stürmen eilig vor,
auch der Weihnachtsmann der Tor.
Man hört ein Rumpeln und ein Trümmern
und ein jämmerliches Wimmern.
Und nach einigen Minuten in der Dunkelheit
wissen die Wichtel nun Bescheid.
Hier im Keller gut verstaut
stand ein Schlitten wohl vertraut.
Vor der Modernisierung der
Schlittenfliegetechnologie
gab es die schneegeeignete Schlitterschlittenpartie.
Nun hat der Weihnachtsmann nichts gesehen,
wollte zum Stromschaltsystem gehen,
am Ende hat es sich rumgesprochen
hat er sich das Bein gebrochen.

Ein Wichtel hat die Maschine repariert,
so dass man alle Häuser entfriert.
Den Kopf der Arzt verzweifelt schüttelt
an des Weihnachtsmanns Schicksal keiner mehr rüttelt.
Da kann selbst er nichts machen,
nun hat keiner was zu lachen.
Was hat man hier nur gemacht?
Was wird nun aus der heiligen Nacht?
Sie haben schnell aus der Anderswelt
eine Vertretung herbestellt.
Es tanzen für den Weihnachtsmann
Osterhase und Nikolaus an.
Drei Schlitten werden aufgeteilt,
einer mit Wichteln, man ist bereit.
An diesem eigenartigen Weihnachtsfest
gab es seltsame Geschenke, dass steht fest.
Denn jedes zweite Geschenk hatte auch Ostereier
zur seltsamsten Weihnachtsfeier.

Claudia Wendt

Eisnacht

Hörst du den Schnee fallen?
Das große Knallen,
wenn sie aufprallen?
Und die Töne, wie weit sie hallen?

Hörst du das Flüstern im Schneesturm,
vom höchsten, bis zum kleinsten Turm?
In dunkler, finsterer Nacht,
wenn du schweißgebadet aufgewacht?

Dich durchzieht ein wages Ahnen,
dass SIE dort draußen zieht ihre Bahnen.
Weiß schimmert sie in der Dunkelheit,
bist du für ihren Besuch bereit?

In jener Zeit zieht es sie jede Nacht hinaus.
Du zitterst, du bebst vor lauter Graus,
aus Angst sie könnte dich bald holen,
hast dich von zu Hause fortgestohlen.

Du frierst, du zitterst, es ist kalt,
und in dem tiefen Winterwald.
Auf einer Lichtung siehst du sie stehen
inmitten aufgetürmter Wehen.

Kalte blaue Augen blicken dich an,
ein Wesen wie aus Porzellan.

Kälte und Schnee sind ihr Zuhaus'
dort geht so mancher ungern raus.
Weiß und kalt ist dieses Wesen
von der Geschichten du gelesen.

Sie küsst dich sanft,
dann flieht sie dahin,
die Allerschönste, die Schneekönigin.

Claudia Wendt

Der Weihnachtsmann ist durchgedreht

Der Weihnachtsmann ist durchgedreht,
hat all den Schnee hinweggefegt,
Geschenke in den Sack gesteckt
und sich beim Osterhas' versteckt
Dann ist er einfach weggerannt,
das Spielzeuglager abgebrannt,
die armen Wichtel stehen jetzt,
ohne Weihnachtsmann, gehetzt,
weil der Weihnachtsmann sie jagt
und sie so gerne knuddeln mag.
Die Rentiere in Sicherheit,
suchten schnell weit, weit, weit,
einen kleinen Unterschlupf,
wo sie sich so lang verstecken,
bis die Wichtel sich erschrecken,
durch die Gegend sie dann suchen
und sie wieder neu dann buchen,
als Weihnachtsbeförderungssystem,
wieder zu den Schlitten gehen.
Der Osterhase spielt Psychiater,
für den alten Weihnachtsmann,
denn der Alte hat geträumt,
dass er Frösche küssen kann.

Inhaltsverzeichnis

4	Die Nikolausstiefel
6	Adventszauber
8	Der unheilige Abend
9	Reisen auf Abwegen
12	H.C. Andersens Tannenbaum
18	Laura
21	Jonas
24	Der hungrige Wolf
29	Wundersame Nikolausnacht
34	In einer Dezembernacht
39	Wenn es Winter wird
43	Schlange & Maus
45	Die Schokotorte
48	Glücksbringende Zauberwurzel
51	Irgendwas ist immer
53	Advent
57	Jane und Erinnerungen
60	Das Weihnachtsschiff
62	Wo wohnt der Weihnachtsmann
68	Zur Weihnachtszeit
69	Am Ende des Jahres
70	Kaminfeuer
71	Kerzenflamme
72	Schlafendes Winterland
73	Der eingeschneite Weihnachtsmann
76	Eisnacht
78	Der Weihnachtsmann ist durchgedreht

LeseZeichen

Der Schreibzirkel LeseZeichen ist ein Zusammenschluss schreibwütiger Autorinnen und Autoren der Hansestadt Wismar und Umgebung.

Mehrmals im Jahr präsentieren sie sich einem breiten Publikum und überzeugen ihre Gäste immer wieder von ihren vielfältigen Talenten und kreativen Ideen. Unter anderem sind sie die Initiatoren des Wismarer Literaturpicknicks. Das ist eine Veranstaltung, ähnlich einem Poetry Slam, auf der sich jeder der Lust hat, gemeinsam mit den Autoren präsentieren kann.

Der Zirkel gründete sich im Jahr 2007 und wird sowohl bei seinen Veranstaltungen als auch seinen Publikationen vom Bibliotheksförderverein, sowie der Stadtbibliothek Wismar unterstützt.

Der vorliegende Band „Kerzenschimmer" ist bereits der zweite Teil ausgewählter Werke der Schreiberlinge unterschiedlichen Alters.

Sollte Ihnen dieses Büchlein gefallen haben, dann schreiben Sie uns.

Hat es Ihnen nicht gefallen? Dann schreiben Sie uns auch!

lesezeichen.wismar@gmail.com